KB083183

나의 숲이 시가 될 때

시와소금 시인선 169

나의 숲이 시가 될 때

초판 1쇄 인쇄 2024년 08월 25일
초판 1쇄 발행 2024년 08월 30일
지은이 박여람
펴낸이 임세한
펴낸곳 시와소금
디자인 유재미 정지은

출판등록 2014년 1월 28일 제424호
발행처 강원 춘천시 충혼길20번길 4, 1층 (우 24436)
편집 · 인쇄 주식회사 정문프린팅
전화 (033)251-1195 / 휴대폰 010-5211-1195
전자주소 sisogum@hanmail.net
ISBN 979-11-6325-079-1 03810

값 12,000원

· 이 시집은 강원특별자치도 강원문화재단 후원으로 발간하였습니다.

시와소금 시인선 · 169

나의 숲이 시가 될 때

박여람 시집

시와소금

| 시인의 말 |

허락 없이 숲에 들었다

숲으로 출근하고 숲으로 퇴근하며
가래나무 아래 물감과 캔버스 묻어 놓고
숲과의 이야기로 첫 그림을 그렸다

단 하루도 같은 시간, 같은 향, 같은 무늬 없지만
무엇이든 나의 그릇만큼 준 숲에게
고마운 마음으로 지나온 시간을 바친다

2024년 8월
박여람

| 차례 |

제2부 바느질하는 여자

제3부 허공 낚시꾼

제4부 418 조침령로

작품해설 | 구재기

제 1 부
원대리 자작나무

매화꽃 피다

산불 속에서
살아나온 속살 한 조각
그의 생을 본다

젖어 본 기억도 말라버린 속살
옹이로 남은 상처들
결결이 살아있는 자존심

송진 향 진하게 태우며
인두 끝에서
꽃이 핀다

병아리난초

미천골에 사는 그는
칠월 하순이 되면 치마폭을 넓힌다

물에 불어 터진 숲의 음모들이
늙은 코끼리 피부처럼 일어난다 해도
바위틈으로
잉크가 마른 본적지를 옮기고
생의 무늬를 따사롭게 경작하고 있다
비바람이
푸른 칼을 휘둘러도
그의 정신은 꺾지 못했다
상수리나무가 고향을 등질 때면
그의 입가엔 물집 몇 채 짓고 있었다
그렇게

뼛속의 혈청을 말리던 그가
꽃이 되어 웃으며 걸어 나온다

선림원지 오르는 길

웅덩이마다
봄비가 연등을 띄우는 미천골

굽은 허리로 돌계단 오르는
보랏빛 보살
오체투지로 생을 건넌다

그녀의 마른 가슴에
얼레지꽃 한 무더기 지고

석탑을 돌고 있는 산안개
심장을 흔들며
생의 흔적을 지우고 있다

원대리 자작나무

백두대간 횡격막으로 차오르는 5월
시간이 침묵의 벽을 내려와 걷는 동안
그의 오랜 허물들이 푸르게 젖는다
그리움이 송곳처럼 달려오고
피부에 욕망을 새기는 망치 소리가 들린다

하트 그림 속 이름들,
열매가 되지 못한 기도는 기억에 없다
그의 우윳빛 피부는
솔수염하늘소의 피난처,
어둠이 내리면 어깨에 앉아있던 바람이
상처를 닦아준다

달콤한 욕망을 먹고 자란
그의 새겨진 기억은
제 살로 덮을수록 바위처럼 썩지 않는다
한 점 바람이 불어와
자작나무 어둠이 사라지고

언약이 빠져나간 자리에 옹이가 생긴다

그의 하얀 그림자
작두날처럼 푸르다

자벌레

밤새 죽었던 나뭇가지 하나
부활하는 아침

나뭇잎 그림자를 가로지르며
하루를 재단하는 그녀 앞으로
눈을 반쯤 감은 자동차들이
미천골을 역류한다
나비의 날갯짓에 하늘이 비어가고
어젯밤 꿈이 무섭게 또 달려든다
그녀가 뼈마디 마디를 늘린다
허지만,
그 보폭은 산이고 수렁이다
허기진 배를 허기로 채우다
딱새의 타액에 수장되거나
화석이 되어도
밤새 허공을 방황하던 새벽달이다

칠월칠석 그녀,

석탑 아래 무릇* 깨우러 선림원지로
간다

* 무릇 : 다년생 초본

미천골 살이

고독이 밤을 뭉근히 끓인 아침

곰탕 가마솥이 엎어졌는지
뜨겁게 주저앉은 구룡령 계곡에는
고추나무 가지에 유월이 자라고 있다

물에서 걸어 나온 바위엔
돌단풍이 생을 의지하고
먼 곳을 날아온 후투티*가 새끼를 지키려고
더 낮게 날며 허공에 담장을 쌓는다

오리발을 신고 비를 기다리는 물푸레나무
운동화 끈에 매달려 도시로 가는 짚신나물
새벽이슬에 젖은 몸을 말리는 민들레 씨앗
각기 다른 방법으로 떠나간다

유목의 피가 흐르는 붉은 숲
도시 여자가 사는 산막,

지붕과 벽 사이가 멀어지고 있다

* 후투티 : 계곡을 좋아하는 여름 철새

나무생각

피아노 건반 두드리듯
색색의 소리를 내는 그녀 손끝

바람도 그냥 지나갈 수 없어
꽃피우는 그곳

닫힌 문밖을 서성이던
만개한 봄이
발꿈치를 들고 멀어진다

산티아고 순례길
그녀의 발밑에 꽃들이 밟히고
빈집을 지나가는 발소리만 촘촘하다

장미수국 산수국 별수국 나비수국
봇물 터지듯 수국 물결이
마당 가득 채우고서야
닫힌 문이 열렸다

나무생각* 뜰에
왈칵 내 마음이 쏟아진다

* 나무생각 : 미천골에 있는 펜션 이름

2과 3월 사이

밤새 울부짖던 바람
숨 고르는 아침

먼 곳 봄소식이
거짓말처럼 도착하는
구룡령 계곡

바다로 가다 쇠사슬에 묶인 발목
헐거워지며 조금씩 해동한다

등을 들어 길을 내주는
흙냄새 짙게 뿜어져 나오는
만삭의 숲

해산 준비 중이다

폭설에 매화 핀다

천정으로 숨어든 세입자들이
달팽이관을 흔드는 밤

그가 먹을 갈면
먹빛이 하얗게 피어난다
풀 먹인 광목처럼 언 나뭇가지 위
눈송이처럼 피어나는 꽃잎

술병에서 쏟아지는 생
푸념으로 달라붙고
허공에 묻힌 시간들이
폭설로 피고 있다

여문 취기가 그의 등을 타고 흐르면
다시 술로 먹을 간다

그가 그를 간다

나무 나비

월동준비 끝나고
썰물 빠지듯 고요해진 미천골

철제 난간에 가슴을 활짝 열고
나사못 뿌리내린 나비 날개
어둠이 짙어진다

—내게 날아보라고 하지 마세요
나는 나비가 아니랍니다

그의 표정 너머로 나뭇잎이
나비 되어 날아갈 때
더듬이가 허공을 더듬거리고
못에 박힌 날개가 흔들린다

한때 나비의 집이었을
날개에 검은 버섯이 피고 있다

한때 집이었던 그녀에게도
이젠 검버섯이 핀다

낡은 신발

밤새 사라진
별을 찾다가 쏟아지는 폭우

그가 외출을 요구하는 까닭은
담장 밖 소식이 궁금하기 때문이다
서른아홉에 나사 풀린 한 여자의
깨진 심장이 삐걱거린다

시간을 작두 타던
그의 발바닥이 가끔,
천둥처럼 무너지고
낡은 살갗을 뚫고 나온 발가락이
풍문에 비명을 지른다

지금은 그가
걸어온 생의 지도를 읽다가
갈전곡봉* 산기슭에 앉아있다

동행하던 길이 사라지고 늙은,
한 여자로 남았다

* 갈전곡봉 : 구룡령 옛길 정상

생이 지다

미천골 계곡 물가 줄무늬 멧돼지가
비를 맞으며 쓰러져 있습니다

산 하나쯤 깨뜨릴 것 같은 천둥과 번개는
자식을 두고 돌아서는 어미의 마음이었을까

젖은 바람 속에
생을 놓아버린 해탈의 모습

괜찮아, 용기를 내
꿈조차 그를 침범하지 말라고 빌었습니다

내 목소리가 들리는 듯 눈 맞추던
그의 눈에 가득 고인 인사가 흐르고
무거운 장막처럼 천천히 생을 닫았습니다

다시 열리지 않을 검은 침묵이
한바탕 소나기로 사라졌습니다

자작나무 숲

수직의 선이 비밀스럽게
차오르는 겨울 숲
눈 닫는 곳마다 검다

가지에 걸린 바람이 부서지고
언 길 위를 걷는
나의 시간이 무겁다

허공의 밑바닥에 깔린 물소리와
붉게 꽃필 앵초 자리도 어둑하다

계절이 돌고 있는 레일 위
내릴 수 없는 가을이 눈 속에 고립 중이고
구멍 난 허리
앙다문 수만 개의 입

그 속 알기나 하는지
낮달이 자작나무를 탐닉하고 있다

풍뎅이의 가을

숲의 숨소리가 깊어졌다

불안한 발걸음
다리가 꼬여 쓰러진다

배를 하늘로 향하고
버둥대는 모습이 안쓰러워 세워줬다
서너 걸음 옮기더니
다시 쓰러진다
그렇게 쓰러지면
잠시 쉬어가는 것을 몰랐다

그가 어디를 찾는지 알 수 없지만
모두가 만나는 그곳으로 가리라

눈이 마주쳤다
그와 나의 가을이,

가뭄의 끝

층층나무 허리에
새소리가 달려있다
광대노린재가 빨대를 물고
부서지는 발등을 기어오른다

어린잎을 강보 삼아 화기를 막아주는
야무진 요람은 누구의 집일까

비를 기다리다 쓰러진 초롱꽃
긴급 수혈에도 일어나지 못하고
텃밭 채소들도
최면에 걸리듯 쓰러진다

개미들이 보이지 않는다
조금씩 벌어지는 층층나무 겨드랑이
구름이 촘촘하다

이 가뭄의 끝은,

미천골

날이 풀리자
새 생명의 탄생으로
바쁜 미천골

멧돼지 고라니
무거운 발자국을 지우며
헐벗었던 숲 겹겹 잎이 쌓이고

나는 꽁꽁 싸맸던 옷을
하나씩 벗으며
바람길을 내기 시작한다

숲이 가득 차오르고 다시
비울 때까지 나는
그 속에서
하루하루를 그려간다

달맞이꽃

늦가을 저녁

돌아갈 준비 끝났는데
나는 자꾸 딴청을 부린다

너 때문이었구나,

서리가 내려도 피고야 마는
너를 보고 가려고!

제 2 부

바느질하는 여자

불시착

바람이 놓고 간
풋사과

설익어 시고 떫은 것이
던지듯 버리듯

변명의 가지 수를 늘리며
내게 왔다

기다려도 익지 않는
마음 하나

책장을 정리하며

잊어버린 기억이
갈피갈피 어둠이 되었다

누군가 고뇌의 시간을
품에 안고 행복했던
나의 시간이 박제되어 갇혔다

밖으로 나갈 수 없는 문장들은
서로를 포개어 갉아 먹으며
숨구멍을 만들고 있다

탈출하지 못하고
사그라지는 기억조차
아직은 때가 아니라며 책장에
다시 줄을 세워놓는다

훗날 꺼내볼 기대와 함께,

흠뻑 젖은 봄날

첫 만남을 잊지 못하고
마음 졸이며 몇 시간을 달려왔습니다

목적지 한참 전에 차를 세우고
비를 맞으며 걷던 길

꽃분홍 원피스 입고
다시 오자던 약속
아지랑이처럼 피어오를 때
잔설 녹아 몸집 키우는 물소리

이젠, 계곡물 건너지 않아도
금낭화 마당에 지천인데
함께 설레던 친구 길을 잃고

그녀
자욱한 안개 속에 있습니다

빈집

오랜 외출에서 돌아왔다

처마 밑 말벌 집
멀리서 들리는 위협의 소리
나는 침입자다

몇 명의 주인이 공존했는지
치열한 삶의 흔적이
풍장을 치르는 중

문을 열고 들어선 실내는
지나간 생의 기록들이 빼곡하고

벽엔 거미집
천정엔 빗물이 머물렀던 자리 선명하다

집은 빈집이 아니었다
잠시 내가 없었을 뿐

벚꽃 연가

입 밖의 말이 경계가 되는
백두대간 계곡의 봄
산 아래엔 꽃들이 만개했다

초등학교 정문으로 들어오는
한복 치마폭에서
꽃잎 흩날리던 생은
절정이었던 그녀의 청춘

젖고 또 젖어 평생
마르지 못하고 지나간 열정 위로
붉은 노을이 하늘을 삼키고
서리가 하얗게 내렸다

그녀의 삶에서
제일 아름다웠던 그해 봄이
흑백 사진 속에서 걸어 나오고 있다

바느질하는 여자

망사 실크 면 보따리들이
갤러리에 전시되어 있다

결혼 전날 밤
—딸아 네 보따리 속을 아무에게나 풀어서 보이지 마라
시간이 지나면 풍문의 씨앗이 되어
널뛰듯 날아다닌다

엄마의 그 한마디가 떠올라
구멍이 생기면 누가 볼까 꿰매고
또 꿰매다 이젠 너덜너덜
헤진 보따리를 버릴 때가 되었다 싶은데

오래전 구멍 난 자리에 핀
꽃 한 송이 아직 곱다
씨실과 날실 틈에 풀이라도 심을까

매듭이 풀려

그녀의 무릎에 놓인 보자기에서
핏빛 풀씨가 여물고 있다

바늘에 찔린 손끝 입에 물고
낡은 보따리 꼭꼭 묶어 슬쩍 걸어놓고
전시회장을 나온다

반딧불이 1

장마가 시작되는 7월

마지막 껍질을 벗은 애벌레
웃자란 풀잎 등을 타고
물 밖으로 나왔다

신을 영접하듯 의식의 준비는
이슬 한 방울로 허기를 달래며
창자를 비우는 것

초승달 업은
호랑지빠귀 소리가 검을수록
반짝이는 별빛

뜨거운 여름
빈창자로 사는 보름이
삶이 절정이다

등짐 가벼워진 지금
그녀의 삶이 절정이듯

5월의 우박

하늘 높은 곳에
겨울이 숨어 있는 5월

튤립꽃 속을 열어 보이며
유혹을 시작한다

푸르던 하늘이 순간 검게 변하고
쏟아지는 우박은
철퇴 휘두르는 잔인한 폭군
지구 한 귀퉁이가 깨지고 있다

어린아이처럼 뛰어나와
여린 날개 찢기고
뼈 없는 허리 주저앉아
숨소리 들리지 않는 튤립 꽃밭

등 뒤 대지 위로
능청스러운 파란 하늘이 눈부시다

—저 어린 영혼을 빌어주소서

나의 기도는 허공을 날고……

반딧불이 2

뜨겁게 익어가는 밤
풀 속에 별이 있습니다

작은 별을 욕심내지 않아도
자꾸 동공이 커지고
그를 문장으로 잡고 싶은 마음이
달려드는 모기처럼
수직으로 일어납니다

별을 읽는다는 건
돌처럼 단단한
나의 밤을 반납해야 하는 일
바람보다 먼저 숨어버리는
그를 향해 헛손질 해봅니다

산을 품은 하늘이
지상의 사물들을 흔들고
나의 머릿속은
빛도 움직임도 없는 어둠뿐

텃새의 겨울

다가설 수 없는
나무와 나무 사이
겨울이 선명하다

작은 가지에 쌓인 눈 털어내며
찬바람 속에
잠을 청했을 그가

바람의 가시 끝에서
허기진 그림자 따라가는
겨울 뒷모습을 지켜보고 있다

따듯해지면 돌아오겠다고
떠나버린 철새들의 빈집 지키다가

녹슨 울음소리를 내며
또 하루를 지우고

솟대

물 한 방울
품을 수 없는 곳에
긴 다리 심고 있는 나무새

시선은 수평선 끝
쉬지 않고 걸어도 언제나 제자리

모래 너머 포말이 비상하고
그 위로 비행하는 갈매기를 바라보며
날 수 없는 건 모래 때문일까
발 없는 다리 때문일까

산에 두고 온 그의 뿌리
지금도 바다로 오고 있는 중
나는 오늘도 눈 없는 그의 시선을 쫓고 있다

파도 소리에 흠뻑 젖은 몸
바람의 긴 혀가 깃털을 꿰매는 날

생의 부스러기 꽃잎으로 날고
와락 내 안으로 달려드는 소리

날고 싶다

수로부인헌화공원*

그녀에게 가는 길은
오늘도 수렁이다

바다를 향해 거꾸로 누운 해당화에서
검붉은 봄이 떨어지고 있다

미탁*이 지나간 자리에
서 있는 것은 없다
바다를 향해 허리를 세운
그녀만 용 등에 앉아있다

임원항에서 까치발 들고
그녀의 등만 바라보던 부표가
점점 지워지는 바다에
얼굴이 잿빛이다

하늘과 바다는 포개지고
절벽을 기어오르던 파도

손잡을 곳 찾지 못하고 밀려간다

움직일 수 없는 그녀
손 내밀어 잡아주지 못하고
나도 못 본 척 돌아선다

* 수로부인헌화공원 : 삼척 임원항 뒤 남화산 정상 공원
* 2019년 10월의 태풍 이름

쏟아지는 거짓말

밤새 주저앉은 도토리들이
발목을 잡는다

밟고 지나갈 수 없어서
양쪽 주머니 가득 주워 담았다

마른 겉껍질 벗기며
뽀얀 속살 훔치는 핑계로
친구들과 모여서 마시는 술은
엄마의 가을 행사다

—아직 안 떨어져
올해는 해거리를 하나 봐

이런저런 거짓말과 핑계로 게으름을 피우다가
가끔 쏟아놓는 도토리를 바라보며
해맑게 웃던 엄마의 미소는
액자 속에 갇히고

그동안 숨겨놓았던 거짓말만
자꾸 쏟아져 나오고 있다

젖는다는 건

풀이 눕고
곰팡이가 터를 분양 중이다

장마보다 먼저
물기 가득한 뼈마디가 꿈틀거릴 때
TV 앞 돌로 만든 새
주소를 옮겨볼까 들썩거리고
누운 풀 위로 숲이 아우성이다

비몽사몽 젖은 잠자리를 빠져나와도
온통 젖은 산, 젖은 몸

낮에는 일상 뒤에 숨어서 졸다가
눈감으면 다시 말초신경까지 흔드는
젖은 날들이 지나고

뭉개진 시간 사이로
빗물을 털고 일어나는 풀잎
나는 그를 잡고 일어선다

죽도 방파제

테트라포드 위에 앉은
검은 갈매기 떼
강풍을 버티고 있다

오리털 거위털
검은 패딩을 입고도
푸른 입술

언 손끝을 빠져나간
낚싯바늘이 붉게 잊혀지고
시멘트 바닥을 끌어안은
불가사리가 염장 중이다

잡식성인 그들은
배가 고픈 것이 아니라
어제의 끝을 잡고 내일로 가는 중

나도 슬쩍
그들 곁에 앉았다

까마귀의 모닝커피

눈 감고 달려오는 자동차에 놀라
종이컵 물고 날아오르다가
흘리고 간 아침햇살 한 조각이
어둠을 몰아내고 있다

이슬 한 방울 마실 수도
놓을 수도 없는
철제 난간 위에 앉아
그가 물고 있는 시간을 바라보았다

그를 방해하고
구룡령 안개 속을 빠져나오면

가을은 종이컵 속 커피처럼 증발하고
초승달같이 차오르는 겨울이
안으로 뜨거워지고 있다

양양 남대천

지구를 몇 바퀴나 돌아왔을까
흐르는 물은

수만 리 어느 바다를 다녀왔을까
역류하는 연어는

그들과 함께
내가 스쳐 지나가는
가을 남대천

제 3 부

허공 낚시꾼

벌의 안부

꽃들이 비바람에 함몰된 봄

꿀을 찾아 떠난 벌은 행방불명

여기저기 수상한 소식이 도착한다

꽃들이 피었다 놓고 간

꽃향기 스멀거리면

궁금증은 끝없이 복사되고

딱새가 어둠을 몰아낸 아침

벌의 안부를 기다리던 꽃들만

마당 가득 홍건하다

가을비

돌담 위로 내리는 낙엽처럼
그가 내 어깨 위로 내린다

핑크빛 볼 터치로 단장한 나의
화장을 지운다
모든 것은 떠나가라고 붉게 울며
소파 위에 벗어놓은 젖은 옷처럼
나를 적시고 있다

바람의 비늘 벗겨내는
내 정신의 끝,
붉은 매니큐어 조각들과 더 붉게
몸통 잘린 벚나무 발밑에서
겨울눈이 자라고 있다

내가 뿌리로 돌아가고 있다

바람의 그네

겨울 낙산 해변에는
손잡을 것이 없다

흔들리는 것들은 더 멀리 갈라놓고
그 사이로 그네가 지나다닌다

검은 비닐봉지 허공을 날고
빈 페트병이 서핑하는
바다와 육지 그 언저리에서
조개껍질이 모래 속을 헤집는다

앉을 수 없는 바람은
하늘과 바다를 번갈아 태우다
잠시 머무는 그네 위엔
손잡지 못한 몇 알의 모래가 앉아있다

그 곁에
작은 여자가 서 있고!

스며들지 못한 것들

가을 저녁
빗물이 모여 흐른다
산에서 강으로

흐르다 보면
머리를 박고 허리 하늘로 밀어 올리는
버드나무 뿌리도 지나고
스스로 부서지지 못하고 체념하듯
섬이 된 바위를 돌아간다

회색빛 흐르는 너래바위
가부좌를 틀고 앉은 저녁

상승하지 못한 그들은
바다에 모여 한 겹 또 한 겹 하늘로 오르지만
지금은 추락 중

경로를 이탈한 빗물이

제자리를 돌고 있다

그의 하루가 돌고 있다

허공 낚시꾼

봄 햇살이 누운 갈대 등 위로
엿가락처럼 늘어지는 오후

하늘로 뻗어 올린
버드나무 가지 끝에
역류하는 마음 하나 끼워 던졌다

갈퀴 세운 바람이 모래알을 세고
그를 바라보는 남대천

모래 속에서 헛손질하던
엉킨 낚싯줄에 발이 걸렸다
라면 봉지처럼 구겨진 그녀

붉은 허공에서 입질하던
단어들이 시나브로 사라질 때
멀리 양양대교를 달리는 불빛 너머
대청봉이 눕는다

그녀가 그곳,
어디에도 없는 시간마저도
흔들리는 절망은 등대로 서 있다

사내가 비워지다

구겨진 이면지 속을 걸어 나온 속들이
술렁이는 오후 6시

부축하던 목발을 버리고
마이나데스*같은 광란의 그는,
시퍼렇게 불면이 물들 때까지 밤을 비우고 있다

1,000℃ 숯불 위에서
그가 마른 시간으로 타고 있다
가끔,
그는 술이 쏟아진 바닥으로 흘러내리고
업데이트하지 않은
내비게이션처럼 그리움의 버퍼링이 살아난다
실타래처럼 엉킨 고뇌들이 문밖으로 들어온다

낡은 생각을 손질하는
뇌에서 잡념을 굽는 냄새가 나고
젖은 내가 타는 냄새가 난다

수레를 끌다

어디를 돌아왔는지
자신보다 몇 배 큰 짐을 끌고 가며
돌다리 두들겨 보듯 확인한다

개미 허리가 꺾이지 않는 건
살아온 세월의 지혜일까

수레를 끌고
낯선 길로는 가지 않는다

땀이 빗물처럼 흐르고
마른 숨을 쉬어도
구멍 난 항아리에 물을 붓듯
햇살 부스러기라도 주어 다 쌓아야
허기진 심장을 채울 수 있을까

그를 미행하다 끊어진 길

내 수레엔 헛바람만 가득하다

변했다

똥에서 태어나
똥을 먹고 사는 소똥 벌레
소똥은 여전히 많은데 그가 사라졌다

태어나서 문밖을 나가보지 못했으니
그의 생엔 하늘이 없고
들녘에서 풀을 먹을 수 있다는 건
전설이다

마른풀과 사료
항생제를 먹고 배설한 똥을 먹다 사라진
그의 현상금은 백만 원

아침에 일어나면 공복에
약과 영양제를 한 줌씩 먹고
채소보다 육류를 좋아하는
사람의 변도 변했다

잘 먹고
배설 잘하기
쉽지 않은 일이다

우려낸다는 것

너무 먼 길을 돌아왔어

이 작은 공간에 넣어지려고
마음껏 헤엄치던 바다를 떠나왔지

방향을 찾을 일 없으니
지느러미 잘라버리고 창자도 빼버리고
마른 삶을 살아도 된다고

펄펄 끓는 육수 냄비 속에서
탈출은 꿈이야

아직 버리지 못한 똥이 있었나 봐
비린내 난다고 오래 끓이지 말래
적당한 때가 비법이라며
건져서 버리는 거지

아직 청춘이라 믿는
그 여자를,

부두에서의 단상

물에 잠긴 불빛 그 위로
그녀의 욕망이 걷고 있다

육지로 오르지 못하는 바람은
파도에 쓸려가고
어둠을 유혹하던 수산항 방파제가 트럼펫을 분다
등을 말고 있는 테트라포드, 그 위에
그녀가 풍선처럼 떠 있다

어린 딸 손톱 같은 속눈썹 하나
돛 사이에서 꿈틀거리다가
서쪽으로 빠져나간다, 그때
인쇄되지 못한 빛바랜 꿈이 바닷속으로 침몰한다
낚싯바늘에 걸린 내가
붉은 꽃잎으로 지고
시간이 비늘처럼 부두에 쓰러진다

비린내가 활보하는 그곳
한 여자가 발끝을 세우고 펄럭인다

산처녀*

그는 일광욕을 즐기며
한계점을 서성거린다

더 깊은 산으로 들어가려고
이삿짐 풀지 않고 살지만
어느새 숲에 물들어
돌아가기엔 너무 멀리 왔다

폭우가 쏟아지며
물이 역류할 때는
바다를 꿈꾸기도 한다

비바람이 두고 간 알싸한 빛이 바래고
사내가 낚시질하면
허리를 조이고 입은 닫아야 할 때

언제부턴가
빈 미끼통이 뒹굴고

잘린 줄 끝 낚싯바늘에 붉은 꽃이 피는 날
보았다 못 보았다, 소문이 떠돌더니
유영하는 모습이 보이지 않는다

그는 어디로 갔을까?

* 산처녀 : 산천어의 또 다른 옛 이름

허리 묻은 소나무

계약직이라는 사슬을 묶던 날

창밖에 검은 솔방울을 가득 달고 있는
그가 보입니다

그늘 속에 묻혀
거꾸로 자라는 가지를 품고도
늘 푸른 그의 생이 이젠

더 버텨야 한다는 생각만으로
맑은소리 부서지는
계곡물을 바라보고 있습니다

그의 느려진 몸짓과 걸음을 몰랐던 십여 년
비명 한번 지르지 못하고
허리까지 묻혔다는 걸 알게 된 날

고물을 보물이라며

집안 가득 쌓아놓고 자식을 기다리던
어미의 다리가 굳어가고 있습니다

그의 뿌리엔 욕창이 생기고

가시 혹은 방패

낡은 엄나무껍질
무뎌지지 않은 가시를 보았다

깨진 유리조각과 쇠창살이
높은 담 위 서슬 퍼렇게 서 있던 집
그 안에 어떤 마음이 살고 있는지
궁금했던 오래전 기억이 떠오른다

가까이 다가갔다
텅 빈 속
낡은 껍질에 박힌 사명감만
썩지 않고 남아있었다

한때, 창이 아닌 방패였을

곧 무너질 것 같은 나무껍질
바람의 날카로운 비명을 들으며
가시 끝에 마른 잎 하나

전리품처럼 펄럭이고 있었다

가끔 제 심장을 찌르던 가시
허공을 지키는 낡은 방패가 되었다

그의 밤이 불안하다

잠들 시간을 놓쳤을 때 벽이 흔들린다
외박 중이던 옆방 사내가 돌아왔다

벽은 이미 내 귀에
보청기를 달아놓고 외출 중이다

미끼를 쫓다가 잡혀 눈뜨고 죽은
장어를 해부하는 소리가 넘어온다

그의 밤은 소금인형처럼 사라지고
역류하는 비린내가 새들을 깨우는 시간

문밖 건조대 속
생선들의 아침엔 내장이 없고

지난밤 외출한 벽이 돌아와도
나의 사라진 잠은 돌아오지 않는다

물의 기둥

멸치 떼처럼 몰려다니는 낙엽들이
폭설에 갇혔다

바람의 칼은
처마 끝 물방울 세워 배를 내밀고
제 이름 지으며 봄을 깨운다

아직은 해동 중인 햇살이
고드름 허리를 핥고 있는 정오

그는 생을 허물며 다시
돌아갈 시작의 끝을 찾고 있다

나는
제목 하나 짓지 못한 겨울

제 4 부

418 조침령로

초록거미

갈라진 생의 곱을 꿰매려다
혼절한 밤

미화원 발소리에 일어나
다 깨지 못한 취기로 허공을 걷는다
나의 발밑을 비추는
24시 편의점 간판이다 너는,

산수유가 그의 생애를 쓰듯 낡은
내 영혼이
죽음처럼 부활하고
아득한 천국의 계단으로
그가 걸어 오른다

내가 동행하고 있다

418 조침령로

자동차 행렬이
곡선을 그리며 달리고
구경나온 청솔모
심장이 멈춰버렸다

핏빛 흩어진 생의 조각은
자동차 바퀴를 붙들고
젖은 그의 시선은
아직 구경 중

납작하게 눌러진
허리를 덮고 있던 나뭇잎이
허공에 곡선을 그리며 날고 있다
어디로 가든 상관없어
출발한 그곳으로 어떻게든
돌아가는 거야

자동차 바퀴에 매달려
나도 그 곁을 지나고 있다

감

뜨거운 열정으로
익어가는 중이다

조금 더 기다리자
나무를 자르고 열심히 사포질하는 사내를
못 본 척 곁눈질하다 돌아섰다

찬 서리 더 맞아야
손끝에 닿는 감각이 달콤할 거야

설익은 감
바람에 곤죽 되어 땅에 떨어져 있듯

감을 찾지 못한 그는
초점 잃은 눈빛으로 앉아있다

허물을 벗다

매미는 날개를 얻었어

깊은 땅속을 빠져나와
허물을 벗고 또 벗으면서
날개를 펼 수 있다는 희망으로 견딘
긴 어둠

자유로이 날 수 있다는 건
길면 한 달여 생을 사는 일

장마는 끝났지만
여름 날씨가 맑은 날만 있을까
그의 입을 막는 태풍 소식

오늘도 나는
남루한 허물을 안으로
안으로 숨기

배롱나무 붉은 꽃잎

멈출 수 없는 바람
비를 더 강하게 쏟아붓고

브레이크 없이 떨어지는 폭우를
몸으로 받아 내려놓는다

누가 쌓았을까 젖은 꽃잎
엎드리다 어긋난 허리
운명이라고 허락한 그때부터
잡고 있다가 끝내 놓쳐버린
단단한 의지가 흔들리고 있다

조정할 속도계는 이미 고장

틱이 멈추고 이른 새벽 그녀
슈퍼문 마지막 계단에 정신을 올려놓았다

비바람 그치고 돌아오는 구룡령
온통 안개로 앞이 보이지 않는다

나무의 한해살이

남쪽 꽃소식이
폭설로 쌓이는 3월
문밖을 나섰다

발밑의 겨울
수평으로 머물다가
수직으로 오르기 시작할 때
결의 간격을 넓히며 햇살을 기록한다

꽃 피는 일과
낙엽 지는 가을까지
순서가 바뀌거나 건너뛰는 일은 없다

그림자의 꼬리가 짧아졌다고 느낄 때
벌레들이 만찬을 끝내고
떠나간 자리엔
가을이 떨어지기 시작한다

계약직으로 서 있던
그녀도 짐을 정리하고

긴 겨울을 살아내야 한다

관솔*

한 조각의 생이
옹이들을 품고 내게로 왔다

상처는 자랄수록
제 살을 파고 안으로 들어가지만
들어가지 못한 옹이 끝은
허공을 찌르다 깨지고 부서진다

단단해진 아픔도 안으로 숨기면
아무도 모르는 줄 알았다
자신도 잊어버릴 줄 알고
속으로 밀어 넣은 통증
관솔이 된다

가끔 고요하던 마음에 상처가
불쏘시개 되어 화산처럼 폭발하며
용암이 넘쳐흐를 때

또 다른 옹이에
옮겨붙는 불씨가 되지 않도록
나는 고요히 눈을 감는다

이제 그에게
자장가를 불러줄 참이다

* 관솔 : 송진이 엉킨 소나무의 가지나 옹이

가을

그가 덜컹거리며
문을 닫고 있습니다

설익은 산수유 열매
물길보다 먼저 낙하합니다

끊어진 물의 시간이 붉게 물들고
밤새 혼절한 잎들
구르다 구르다가 검게 쓰러져
애타는 냄새가 일어납니다

밖은 허공,
오르지 못하는 물이
발끝으로 내려가고 있습니다

닫히는 붉은 길을
알약으로 뚫는
나의 가을이 졸고 있습니다

짐을 싸야겠습니다

늪에 빠진 날

빨간 배풍등 열매의 유혹에
한눈을 팔다가 늪에 빠졌다

손잡을 곳은 뱀의 소굴
돌담 틈에서 빨라진 숨소리가 들린다

기다렸다는 듯 풍문을 앞세운
환삼덩굴 가시들이 달려들고
충격은 빈혈처럼 길을 지웠다

이럴 땐 몸을 낮추고 조용히
사라지는 들쥐라도 되어야 한다

힐끔거리는 눈빛
중얼거리는 입술을 못 본 척 빠져나와
태연하게 앞만 보고 걷는다

바람은 흐르는 통증을 말리고

바람의 계단

살아있는 척하는 거야,
죽었다고 생각하면 기도를 들어 줄
나의 신께서도 죽은 척한다

보이지 않는 곳에 붙어있는
부스러기 바람이라도
멈추지 않으면 풍뎅이 등처럼 반짝인다

한발 한발 계단을 오르던 발소리가 멈추었을 때
바람은 수증기처럼 증발하고
또 다른 바람이 쇳소리를 내며
나의 정신을 유혹한다

잠시 계단에 앉아
분별없이 펄럭이는
무거운 걸음을 고쳐 묶고 있다

내 발에 걸려 주저앉지 않도록

낙석

늘 열려있던 길이
닫힌다는 생각을 해본 적이 있다

가파른 절벽에
작은 뿌리 끝을 밀어 넣고
바람의 혀로 달콤한 침을 바르면
조금씩 틈이 생긴다는 걸
그가 알았을 때

그 너머 시간이
추락하는 소리만으로도 커다란 바위여서

나는
절망의 끝을 보았다

| 작품해설 |

현실적 삶의 극복 의지로서의 시

— 박여람의 시 세계

구 재 기

(시인, 한국문인협회 부이사장)

현실적 삶의 극복 의지로서의 시

— 박여람의 시 세계

구 재 기
(시인, 한국문인협회 부이사장)

*감옥에서는 시는 폭동이 된다. 병원의 창가에서는 쾌유에의 불
타는 희망이다. 시는 단순히 확인만 하는 것이 아니다. 재건하
는 것이다. 어디에서나 시는 부정(不正)의 부정(否定)이 된다.
— C.P. 보들레르의 《낭만파浪漫派》 예술론藝術論》에서

시의 목적은 일상의 삶에 있어서 어떠한 진리나 도덕적인 일정 양식을 추구하기 위한 노래가 아니라는 것은 누구나 다 알고 있는 사실이다. 그러므로 하루하루의 삶 속에서 그려지는

희로애락에 있어서 시는 항상 그 자체 속에서 새로운 삶의 양식이라든가 방식을 추구하기 위하여 최선의 노력을 다하게 된다. 그것은 곧 오랜 시간이 지나면서 자연스럽고 일정하게 겉으로 나타나는 모양이나 격식뿐만이 아니라 삶의 목적을 달성하기 위해 취하는 방식이나 수단을 그대로 좇으려 하지 않는다는 노력에서부터 시작되기 때문이다. 그 노력은 실로 심오하여 마치 그 자체 속에서 새로운 이상을 추구하는 신과 같은 성격을 가진다. 그러므로 시는 쓰는 것이 아니라 절로 쓰여지는 것이요, 그 쓰여진다는 것은 새로운 창조의 의미를 지는 것이며 이 세상에 존재하지 않는, 어느 누구에 의하여 전혀 이루어진 적이 없는 새로운 세계를 만들어 내는 작업의 결과물이라 할 수 있다. 따라서 시는 최상의 마음에서 이루어지는 한 시인에 의하여 매우 좋아서 나무랄 곳이 전혀 없으며, 누가 보더라도 칭찬할 만큼 대단하거나 뛰어난 창조물이 되는 것이다.

하늘 높은 곳에
겨울이 숨어 있는 5월

튤립꽃 속을 열어 보이며 '
유혹을 시작한다

푸르던 하늘이 순간 검게 변하고
쏟아지는 우박은
철퇴 휘두르는 잔인한 폭군
지구 한 귀퉁이가 깨지고 있다

어린아이처럼 뛰어나와
여린 날개 찢기고
뼈 없는 허리 주저앉아
숨소리 들리지 않는 튤립 꽃밭

등 뒤 대지 위로
능청스러운 파란 하늘이 눈부시다

—저 어린 영혼을 빌어주소서

나의 기도는 허공을 날고……

—「5월의 우박」 전문

'5월' 의 '하늘' 은 맑고 높다. 그리고 푸르다. 모든 가슴의 소망이 담겨 있는 5월의 하늘, 그러나 매서운 '겨울' 이 숨어 있다. 겨울은 5월과는 달리 춥고 매섭다. 그 춥고 매서운 '겨울'이 해마다 5월에 아름다움이 절정으로 피워주는 '튤립꽃'을 '유혹'하여 피우더니 '폭군'으로 변해버린다. 그 '폭군'은 '겨울'의 참 모습이다. '푸르던 하늘이 순간 검게 변하고/ 쏟아지는 우박'으로 돌변한다. 그 '우박'은 지금까지도 보지 못하고 보아서는 안 되는, 마치 '철퇴 휘두르는 잔인한 폭군', 바로 그 모습이다. 그로 인하여 '5월'로만 알고 순진무구한 천사의 모습을 한 '어린아이처럼 뛰어나와' 뛰어나와 활짝 피던 '튤립꽃'은 처참하게 '여린 날개 찢기고/ 뼈 없는 허리 주저앉아/ 숨소리 들리지 않는' 죽음의 모습으로 변하여 '튤립 꽃밭'은 그야말로 처참한 생지옥으로 변하고 만다. 바로 '지구 한 귀퉁이가 깨지고 있다'는 것이다. 그럼에도 불구하고 오히려 '등 뒤 대지 위로/ 능청스러운 파란 하늘이 눈부시'고 있으니 이때 시인은 '하늘'이 아니라 엄연한 신(神)의 자세를 취한다.

'—저 어린 영혼을 빌어주소서'. 그리고 바로 이러한 최상의 마음에서 이루어지는 '기도는 허공을 날고' 있는 것이며, 새로운 세계 창조의 간구(懇求)가 되는 것이다.

날이 풀리자

새 생명의 탄생으로

바쁜 미천골

멧돼지 고라니
무거운 발자국을 지우며
헐벗었던 숲 겹겹 잎이 쌓이고

나는 꽁꽁 싸맸던 옷을
하나씩 벗으며
바람길을 내기 시작한다

숲이 가득 차오르고 다시
비울 때까지 나는
그 속에서
하루하루를 그려간다

—「미천골」 전문

위 시작품에서는 '날이 풀리자' '새 생명의 탄생'을 <미천골>에서 변화되고 있는 모습을 그려주고 있다. 모든 변화는 자연으로부터 시작된다. 자연은 먼저 사물의 모양이나 성질 따위가 바뀌고 달라지는 일이 매우 많거나 심하게 보여주기 마련이다.

하나의 개체로서 변하는 것이 아니라 자연을 구성하고 있는 모든 사물이 더불어 변화하는 것이며, 이러한 변화는 어엿한 조화로움의 일정한 질서, 즉 순서에 따라 변화한다. '멧돼지 고라니/ 무거운 발자국을 지우며/ 헐벗었던 숲 겹겹 잎이 쌓이고' 있음에서 먼저 자연에 순응하고 있는 '멧돼지 고라니'의 '무거운 발자국'은 곧 자연이 예고하고 있는 삶의 본디 모습이다. '무거운 발자국'을 지우면서 모든 역경과 고난으로 점철된 '헐벗었던 숲'은 어떠한 불사(不死)의 특권을 가지지 않는다. 다만 '겹겹 잎이 쌓'고 있음으로써 변화에 따라 순응해 나간다.

이러한 자연으로의 순응 속에서 인간은 자연과의 조화로운 삶을 보여준다. 화자인 '나는 꽁꽁 싸맸던 옷을/ 하나씩 벗으며/ 바람길을 내기 시작한다'는 것이다. 먼저 화자는 '날이 풀리자' '꽁꽁 싸맸던 옷을/ 하나씩 벗'는다. '날이 풀리'는 자연에의 순응함이요 자연과의 조화를 이루면서 살아가고 있음을 보여주는 것이다. 그러나 단순한 순응만이 아니다. '바람'이 존재하고 있다. '바람'은 곧 삶의 고난이다. 그 고난까지도 묵묵히 순응해 가는 삶의 모습이 된다.

그러므로 화자는 '숲이 가득 차오르고 다시/ 비울 때까지' '바람길'을 내고 있는 '그 속에서/ 하루하루를 그려'가고 있다. 그것은 화자가 그려가고 있는 자연 속에서의 '바람길'이 된다. 화자는 분명 '날이 풀리자/ 새 생명의 탄생으로/바쁜 미천골' 에서 어떠한 근심과 걱정이 없이 몸과 마음이 평안하고 즐거움으로 살아가고자 한다. 그러나 자연은 화자에게 그러한 안락함과 무위(無爲)의 만족에 빠지지 않도록 '바람길' 을 내어준다. 삶을 영위해 나가는 데에 있어서 고난과 고통의 노고와 노동을 이어준다. 그곳으로부터 삶의 수단을 발견할 수 있는 지혜를 얻는다. '숲이 가득 차오르고 다시/ 비울 때까지' 의 변화무쌍한 자연 속에서 '하루하루를 그려간다' 는 삶의 자세로 자연(=미천골)에 순응하면서 살아가고자 하는 것이다.

물 한 방울
품을 수 없는 곳에
긴 다리 심고 있는 나무새

시선은 수평선 끝
쉬지 않고 걸어도 언제나 제자리

모래 너머 포말이 비상하고
그 위로 비행하는 갈매기를 바라보며
날 수 없는 건 모래 때문일까

발 없는 다리 때문일까

산에 두고 온 그의 뿌리
지금도 바다로 오고 있는 중
나는 오늘도 눈 없는 그의 시선을 좇고 있다

파도 소리에 흠뻑 젖은 몸
바람의 긴 혀가 깃털을 꿰매는 날
생의 부스러기 꽃잎으로 날고
와락 내 안으로 달려드는 소리

날고 싶다

—「솟대」 전문

'솟대'는 마을 수호신의 상징으로 마을 입구에 세우기도 하고, 과거에 급제한 사람을 위하여 그 마을 어귀에 높이 세우기도 한다. 농가에서는 섣달 무렵에 다음 해의 풍년을 비는 뜻으로, 볍씨를 주머니에 담아 높이 달아매는 장대이기도 하다. 또한 그 형태도 다양하여 일시적인 것과 영구적인 것, 가정이나 개인 신앙의 대상인 것에서 촌락 또는 지역을 위한 것 등이 있거니와, 솟대가 수호신의 상징이라는 점과 성역의 상징 또는 경계나 이정표 등의 기능이 있는 장승과 마찬가지라 할 수 있다. 이와 같은 의미에서 솟대는 결국 일상생활에서 소망하고 있는 바를 확고히 하고자 하는 데에서 비롯된 민족 전통놀이라고 말할 수 있다.

'솟대'는 '물 한 방울/ 품을 수 없는 곳에/ 긴 다리 심고 있는 나무새'이다. 솟대 그대로의 모습이다. 하나의 나무로 만든 새일 뿐이다. 나무라면 응당 뿌리를 가지고 있으며, 그 뿌리로 하여금 온몸에 물을 품고 있는 것이지만 '솟대'라는 나무로 만든 새는 그저 '긴 다리'를 가진 '나무'로 만든 새일 뿐이다. 그러나 솟대는 '수평선 끝'을 바라보고 있는 시선을 가지고 있다. 비록 '쉬지 않고 걸어도 언제나 제자리'를 지킬 뿐인 '솟대'이지만 소망의 시선은 놓고 있지 아니하다. 미래의 삶에 대한 소망의 의지 표현이라고도 할 수 있다.

화자는 문득 '모래'를 본다. '모래 너머/ 포말이 비상하고/ 그 위로 비행하는 갈매기를 바라보며/ 날 수 없는' '모래'와 '발 없는 다리 때문'에 '쉬지 않고 걸어도 언제나 제자리'인 '솟대'와 동일시(同一視)된다. 화자는 이에 따라 '솟대'를 재인식한다. '솟대'는 '산에 두고 온 그의 뿌리'와 더불어 '모래'와의 완전합일로 동일화를 이루면서 '지금도 바다로 오고 있는 중' 일 뿐만 아니라 '솟대' 가 가지는 소망이 곧 화자 자신이라는 것을 확인하게 된다.

그리하여 마침내 화자는 '오늘도 눈 없는 그의 시선을 쫓고 있다' 는 것이다. '날 수 없는 모래' 와 '발 없는' '솟대' 와, 그리고 화자의 완전 합일에 의한 소망은 '오늘도 눈 없는 그의 시선을 쫓고 있' 을 뿐만 아니라, '파도 소리에 흠뻑 젖은 몸' 으로서의 '모래', '바람의 긴 혀가 깃털을 꿰매는' 는 '솟대', 그리고 '생의 부스러기 꽃잎으로 날고' 있는 화자의 '와락 내 안으로 달려드는 소리' 속에 결국 귀결하게 된다. 그것은 '솟대' 가 가지는 본질적인 가치에의 소망을 이루고자 하는, '날고 싶다' 는 욕망을 그려놓고 있는 것이라 하겠다.

매미는 날개를 얻었어

깊은 땅속을 빠져나와
허물을 벗고 또 벗으면서
날개를 펼 수 있다는 희망으로 견딘
긴 어둠

자유로이 날 수 있다는 건

길면 한 달여 생을 사는 일

장마는 끝났지만
여름 날씨가 맑은 날만 있을까
그의 입을 막는 태풍 소식

오늘도 나는
남루한 허물을 안으로
안으로 숨기려 애쓰고 있어

—「허물을 벗다」 전문

매미는 유충이 3~17년 동안 땅속에 있으면서 나무뿌리의 수액을 먹고 자라다가 지상으로 올라와 성충이 되는 특이한 생태변화를 가지고 있다. 번데기 과정이 없는 탈피 과정, 즉 '허물을 벗'는 과정을 거쳐 어른벌레가 되는 불완전변태를 이룬다. 성충이 된 후에도 나무의 줄기에서 수액을 먹는다. 이러한 과정을 거쳐 우리나라의 매미는 최장 7년에 달하는 유충 때의 수명에 비해 성충의 수명은 매우 짧아 겨우 한 달 남짓 된다. 천적으로는 새, 다람쥐, 거미, 사마귀, 말벌 등이 사방에서 노리고 있어 매미의 일생은 참으로 고달프기만 하다.

그러함에도 불구하고 매미는 '날개를 얻었' 다' 는 삶의 어떤 만족감에 의해 느끼는 즐겁고 흥겨운 감정을 주체하지 못한다. 그것은 '깊은 땅속을 빠져나와/ 허물을 벗고 또 벗으면서/ 날개를 펼 수 있다는 희망으로 견딘/ 긴 어둠' 을 배경으로 살아왔기 때문이다. 고통이야말로 삶으로부터 느낄 수 있는 일종의 해방감이다. 온갖 고통과 고난으로 점철된 삶의 터전인 '깊은 땅속' 의 어둠을 '빠져나와/ 허물을 벗고 또 벗으면서/ 날개를 펼 수 있다는 희망' 은 곧 깊이 경작된 위대한 해방이다. 3~17년 동안의 땅속 삶으로부터 이룩한 '한 달여 생' 이란 짧은 생이라지만 날개를 달고 한세상을 '자유로이 날 수 있다는 건' 매미의 삶에 있어서 소망을 이룩한 것이요, 완전한 삶의 기쁨일 수 있다. '장마' 까지 끝난 맑은 날을 맞은 격이다. 그러나 '여름 날씨가 맑은 날만 있을까' . 좋은 일에는 흔히 시샘하는 듯이 안 좋은 일들이 많이 뒤따르게 마련이다. 날개를 얻었다는 즐거움과 기쁨으로 마음껏 노래를 부르고 있는 '매미' 의 '입을 막는 태풍 소식' 이 들려온다. 매미는 고달프다 못해 차라리 깊은 땅속을 빠져나와 허물을 벗기 전 '날개를 펼 수 있다는 희망으로 견딘/ 긴 어둠' 의 세월이 그리워진다.

화자는 이러한 매미의 삶으로부터 자기 자신의 모습을 발견

한다. 인간의 삶이란 항상 괴롭고 고통스러움의 굴레에 얽혀 있는 것일까. 자기를 지켜가고 생각하는 바로 그것이 바로 고통과 마주하는 길인지 모른다. '매미'의 괴로움에 비한다면 그다지 참혹한 것이 아니며 그만큼 더 고통스럽지 않다는 것을 화자는 인식하고 있음이 분명하다. 그럼에도 불구하고 화자는 '오늘도 나는/ 남루한 허물을 안으로/ 안으로 숨기려 애쓰고 있'는 자기 자신을 발견하는 데에 인색하지 않는다. 괴로운 것을 잊으려고 한다는 것은, 더 깊은 삶을 꿈꾸고 있다는 것을 괴로움으로 겪은 인간만이 누릴 수 있는 특권이기 때문이다.

❶

늦가을 저녁

돌아갈 준비 끝났는데
나는 자꾸 딴청을 부린다

너 때문이었구나,

서리가 내려도 피고야 마는

너를 보고 가려고!

—「달맞이꽃」 전문

❷

양양 남대천

지구를 몇 바퀴나 돌아왔을까
흐르는 물은

수만 리 어느 바다를 다녀왔을까
역류하는 연어는

그들과 함께
내가 스쳐 지나가는
가을 남대천

—「양양 남대천」 전문

❸

늘 열려있던 길이

닫힌다는 생각을 해본 적이 있다

가파른 절벽에

작은 뿌리 끝을 밀어 넣고

바람의 혀로 달콤한 침을 바르면

조금씩 틈이 생긴다는 걸

그가 알았을 때

그 너머 시간이

추락하는 소리만으로도 커다란 바위여서

나는

절망의 끝을 보았다

—「낙석」 전문

❹

멸치 떼처럼 몰려다니는 낙엽들이

폭설에 갇혔다

바람의 칼은
처마 끝 물방울 세워 배를 내밀고
제 이름 지으며 봄을 깨운다

아직은 해동 중인 햇살이
고드름 허리를 핥고 있는 정오

그는 생을 허물며 다시
돌아갈 시작의 끝을 찾고 있다

나는
제목 하나 짓지 못한 겨울

―「물의 기둥」 전문

위에 예시한 네 가지 작품은, 삶에 대한 확고하고 희망적인 삶에의 의지, 그 과정에 따른 관조적인 삶의 자세, 삶에 있어서의 절망적인 상황 제시, 절망과 희망 사이에서 엿볼 수 있는 삶의 고통과 비애 등을 각각 보여주고 있다. 이것은 모두 화자가 현실적으로 인지하고 있는 삶의 제 유형이라 말할 수 있다.

먼저 ❶의 시작품부터 살펴보자.

첫 행 첫 연의 「늦가을 저녁」이란 이 시 작품에 있어서 시간적 배경이 된다. '늦가을'이란 한 해가 기울어 가는 계절 중에서 하반기에 속한다. 그 중 '늦가을'이란 가을에서도 말기에 해당한다. 이런 의미에서 '저녁'이란 하루의 끝이다. 더 이상 어쩔 수 없는 극한의 상황을 암시하고 있는 시간적 배경이 된다. 이러한 극한적 배경 속에서 화자는 '돌아갈 준비 끝났는데'에도 불구하고 '자꾸 딴청을 부린다'고 한다. 무슨 까닭에서일까. '서리가 내려도 피고야 마는' 〈달맞이꽃〉의 개화에 대한 강한 의지에 감동하고 있기 때문이다. 이에 대한 화자의 태도는 확고하다. 즉 〈달맞이꽃〉이 온갖 삶의 어려움 속에서도 좌절하지 아니하고 오히려 '서리가 내려도 피고야 마는' '꽃'으로서 완성된 삶으로 형성되기 전까지 비통과 불안과 방황과 온갖 시련을 극복하는 의지의 모습을 보여주고 있다.

❷의 시 작품 「양양 남대천」은 공간적 배경이다. 그리고 '남대천'으로 '흐르는 물'이 '지구를 몇 바퀴나 돌아왔을' 것이라 한다. 그것은 곧 '역류하는 연어'가 살아가는 과정에서 마땅히 겪지 않으면 안 되는 시련과 방황과 극복의 모습이다. 연어가 치어로서 강에서 태어나 바다로 가서 산다. 그리고 성체가 되면 다시 강을 거슬러 올라와 상류에서 알을 낳는 회유성

어종이다. 이 독특한 회유 습성으로 인해 연어는 연어로서의 일생에 있어서 시련과 불안을 안게 된다. 곰, 여우, 물수리 등의 숲에서 사는 동물에게 생명을 앗기는 비운을 맞게 되기도 한다. 숲에 버려진 연어의 사체는 자연의 순환에 따라 흔적도 없이 사라져 버리기도 한다.

이 작품은 '양양 남대천'이라는 공간적 배경을 통하여 '흐르는 물'이 '지구를 몇 바퀴나 돌'고, '역류하는 연어는' '수만 리 어느 바다를 다녀' 오는 동안 겪을 수밖에 없는 삶의 과정을 통하여 보여주게 되는 연어의 일생을 그려주고 있다. 이에 따라 화자는 '연어'와 함께 화자 자신이 살아온 삶의 과정을 동일시하고, 연어가 '스쳐 지나가는 /가을 남대천'을 굽어보면서 연어의 일생을 그려보고 있는 것이다. '가을 남대천'의 흐르는 물을 굽어보면서 회귀하는 연어의 일생을 통한 시간과 노력, 그 과정에서의 어려움과 극복과 인내, 그리고 자연에의 순응과 변화와 성장을 통하여 화자 자신의 삶에 대한 가치에 대하여 생각하고 있는 작품이라 하겠다.

시작품 ❸은 「낙석」은 '절망의 끝'으로 본 삶의 극한적 상황을 제시해 놓고 있다. 무릇 '절망'이란 희망이 없어져 체념하고 포기하는 것이요, 극한 상황을 맞아 자기의 한계와 허무함을 자각할 때의 정신 상태에 이름을 의미한다. '늘 열려있던 길이/ 닫힌다는 생각을 해본 적이 있다' 는 것은 곧 품었던 생각이나 기대, 희망 등을 아주 버리고 더 이상 기대하지 않음을 의미한다. 화자는 이러한 상황을 '가파른 절벽에/ 작은 뿌리 끝을 밀어 넣고/ 바람의 혀로 달콤한 침을 바르면/ 조금씩 틈이 생긴다는 걸' 알아차린다. 절망 상태에 빠져 스스로 자신을 잊어버리고 돌보지 않음을 자각하고 만다. 이른바 '절망' 을 말하고 있다. 그것은 바로 산 위나 벼랑 따위에서 돌이 떨어지는 상황, 즉 <낙석>이 곧 절망이라는 것이다. 절망에서 스스로 구출하고 나면 기쁨을 맞게 되고, 구출된 절망은 또 다른 절망으로부터 구출되는 희망이 되기도 한다.

❹의 시작품을 살펴보자면, '멸치 떼처럼 몰려다니는 낙엽들이/ 폭설에 갇' 혀버린 상황이요, '생을 허물며 다시/ 돌아갈 시작의 끝을 찾고 있' 으면서도 '제목 하나 짓지 못한 겨울' 이라는 절망적 상항을 제시해 놓고 있다. 인간 최후의 감정이라 할 수 있다. 절망은 일상성에서 벗어나게 한다. 절망은 진정한 행동을 발견하는 데에 어려움은 준다. 그럼에도 불구하고 화자는 '바람의 칼은/ 처마 끝 물방울 세워 배를 내밀고/ 제 이름 지으며 봄을 깨운다' 는 희망을 좇고 있다. '아직은 해동 중인 햇살이/ 고드름 허리를 핥고 있는 정오' 라는 현실적인 확신의 순간을 맞고 있기 때문이다. '생을 허물며 다시/ 돌아갈 시작의

끝을 찾고 있' 는 상황을 맞도록 한다는 것이다.

무릇 '시는 현실 이상의 현실, 운명 이상의 운명을 창조할 수 있는 것이고, 이 창조력은 언제나 현세적 속박의 반작용의 힘에서 얻어지는 것(이어령의 『통금시대의 문학』에서)이라고 한다. 또한 시는 모름지기 일상의 비젼과 영혼의 비밀과 존재와 사물 사이에서 존재물이라 할 수 있다. 그러므로 한 편의 시작품 속에는 현실적 삶을 극복하게 하는 의지를 함의하고 있기 마련이다. '찬 서리 더 맞아야/ 손끝에 닿는 감각이 달콤할 거' (「감」 부분)며, 때때로 '운명이라고 허락한 그때부터/ 잡고 있다가 끝내 놓쳐버린/ 단단한 의지가 흔들리' 기도 하지만 '초승달 업은/ 호랑지빠귀 소리가 검을수록/ 반짝이는 별빛// 뜨거운 여름/ 빈창자로 사는 보름이/ 삶이 절정' (「반딧불이 1」 부분) 일 수 있을 것이다.

현실적 삶은 하나의 개체처럼 진실로 어떤 일정한 형체가 있는 것이 아니므로 자칫 옮길 수가 없을 것이라 하지만 오직 정신으로서 통철(通鐵 : 가늘고 긴 쇠의 끝을 납작하고 뾰족하게 만들어 담뱃대의 마디를 뚫는 데 쓰는 꼬챙이)처럼 막힘이 없이 두루 통하도록 할 수 있다. 때때로 '젖고 또 젖어 평생/ 마르지 못하고 지나간 열정 위로/ 붉은 노을이 하늘을 삼키고/ 서리가 하얗게 내' (「벚꽃 연가」 부분)리기도 한다. '문을 열고 들어선 실내는/ 지나간 생의 기록들이 빼곡하고// 벽엔 거미집/ 천정엔 빗물이 머물렀던 자리 선명하'(「빈집」 부분)게 보이기도 한다. 그러나 '굽은 허리로 돌계단 오르는/ 보랏빛 보살/ 오체투지로 생을 건'(「선림원지 오르는 길」 부분)너다 보면 '달콤한 욕망을 먹고 자란/ 그의 새겨진 기억은/ 제 살로 덮을수록 바위처럼 썩지 않는다/ 한 점 바람이 불어와/ 자작나무 어둠이 사라지고/ 언약이 빠져나간 자리에 옹이가 생'(「원대리 자작나무」 부분)기게 된다. 이는 곧 현실적 삶의 의미가 극복 의지로 전이(轉移)되면서 삶의 의지로 상승하게 되는 것이기 때문이다.

다가설 수 없는
나무와 나무 사이
겨울이 선명하다

작은 가지에 쌓인 눈 털어내며
찬바람 속에
잠을 청했을 그가

바람의 가시 끝에서

허기진 그림자 따라가는
겨울 뒷모습을 지켜보고 있다

따듯해지면 돌아오겠다고
떠나버린 철새들의 빈집 지키다가
그는

녹슨 울음소리를 내며
또 하루를 지우고

―「텃새의 겨울」 전문

위 시작품에서 화자는 '텃새'와 일정한 거리를 두고 각자의 삶을 누린다. 그러나 각자라고 해서 전혀 각각의 따로 따로가 아니다. 화자 이외의 화자를 대신하고 있는 '그'가 있다. '그'는 화자를 대신하면서 진술하고 있다. '그'는 '텃새'와의 관계를 가지는 또 다른 화자이다. 그 화자는 '다가설 수 없는/ 나무와 나무 사이/ 겨울이 선명하다'고 말한다. 잎이 다 떨어져 버린 나무와 나무 사이의 간격이 너무 넓어져 겨울의 모습이 선명하게 나타난다. '작은 가지에 쌓인 눈 털어내'는 '찬바람 속에/ 잠을 청했을 그' 는 '바람의 가시 끝에서/ 허기진 그림자 따라가는/ 겨울 뒷모습을 지켜보고 있다' . 이제 겨울도 다 가고 있는가 보다. 문득 화자는 '따듯해지면 돌아오겠다고/ 떠나버린 철새들의 빈집' 을 바라본다. 아니 철새들의 '빈집' 으로부터 현실적 오늘이 떠나고 있는 겨울을 지켜보고 있다. 철새들의 '녹슨 울음소리를 내며/ 또 하루를 지우고' 또 다른 내일의 새로운 하루를 향하여 기다림을 잇는다. 「텃새의 겨울」은 오늘을 지우고 내일을 향한 새로운 삶의 길을 창조해 내기를 기다리고 있는 것이다.

오늘날의 현실은 현실적인 삶으로부터 인생의 여러 가지 기묘한 요구에 의하여 보통의 상식이 하등의 소용에 닿지 못하고 있다. 현실적 상황 속에서 돌연 내던져지고 있는 형편에 놓이기도 한다. 모든 것이 지나치다 할 정도로 복잡하여졌음은 물론 그에 따라 대처해야 할 상황의 다양성 때문에 일반적인, 상식적인, 관습적인 것보다는 보다 더 예외적인 사물에 대한 관조가 필요하게 되는 경우가 허다하다. 영혼으로부터 솟아 나오는 지혜가 없이는 진실한 성숙을 맞을 수가 없다. 시 또한 그러하다. 한 편의 시는 한 시인의 고백에 의하여 이루어진다. 무릇 한 편의 시는 시인의 진실한 심정을 토로함으로써 창조된다.

그리함으로써 온 세상의 현재뿐만이 아니라 진미래제(盡未來際)에 이르기까지 보내지는 시인의 비장한 고백의 메시지라 할 수 있다.

시인 박여람 시의 고운 메시지가 온 누리에 번져 오늘을 살아가는 모든 사람에게 새로운 삶의 지표가 되기를 바란다.